조금만 기다려 봐

케빈 헹크스 글 · 그림/ 문혜진 옮김

비룡소

비룡소의 그림동화 237

조금만 기다려 봐

1판 1쇄 펴냄 – 2016년 2월 10일, 1판 6쇄 펴냄 – 2016년 6월 20일
지은이 케빈 헹크스 옮긴이 문혜진 펴낸이 박상희 편집장 박지은 편집 이영애 디자인 허선정
펴낸곳 (주)비룡소 출판등록 1994. 3. 17.(제16-849호) 주소 06027 서울시 강남구 도산대로1길 62 강남출판문화센터 4층
전화 영업(통신판매) 02)515-2000(내선1) 팩스 02)515-2007 편집 02)3443-4318,9 홈페이지 www.bir.co.kr
제품명 어린이용 각양장 도서 제조자명 (주)비룡소 제조국명 대한민국 사용연령 3세 이상

WAITING
by Kevin Henkes

ISBN 978-89-491-1262-6 74800/ ISBN 978-89-491-1000-4(세트)

이 도서의 국립중앙도서관 출판시도서목록(CIP)은 서지정보유통지원시스템 홈페이지(http://seoji.nl.go.kr)와
국가자료공동목록시스템(http://www.nl.go.kr/kolisnet)에서 이용하실 수 있습니다.(CIP제어번호: CIP2016001910)

폴과 루이코에게

여기 다섯 친구들이 있어요.

친구들은 무언가를 기다리고 있었지요.

점박이 올빼미는 달님을 기다렸어요.

우산 쓴 꼬마 돼지는 비를 기다렸고요.

연을 든 아기 곰은 바람을 기다렸지요.

썰매 탄 강아지는 함박눈을 기다렸어요.

하지만 별 토끼는

특별히 무언가를 기다리지는 않았어요.

그저 창밖을 바라보며 기다리는 것이 좋았거든요.

달님이 둥실 떠오르면,
점박이 올빼미가 기뻐했어요.
신나는 일이 많이 일어날 테니까요.

주룩주룩 비가 내리면,
꼬마 돼지는 행복했어요.
우산이 옷을 젖지 않게 해 주었거든요.

살랑살랑 바람이 불어오면,
아기 곰이 좋아했어요.
하늘 높이 연을 날릴 수 있으니까요.

그리고 마침내 함박눈이 펑펑 내렸어요.
강아지는 너무나 행복했어요.
아주 오랫동안 이 시간을 기다려 왔거든요.

하지만 별 토끼는

그저 창밖을 바라보는 것이 좋았답니다.

가끔씩 누군가가 훌쩍 떠날 때도 있지만,

항상 다시 제자리로 돌아왔지요.

어떤 날은 다 같이 쿨쿨 잠들기도 했어요.

하지만 친구들은 늘 그렇듯이 기다렸지요.

어쩌다 신기한 선물이 짠! 나타나기도 했답니다.

어느 날 멀리서 코끼리 아저씨가 찾아왔어요.

친구들은 함께여서 행복했지요.

하지만

이제는

코끼리 아저씨를

다시는

볼 수가

없답니다.

봄이 오고

친구들은 놀랍고 신기하고 재미난 것들을 보았는데……

하지만 물론

친구들이

행복했던 때는

달과

비와

바람과

눈

그리고 그걸

지켜보는 것이었어요.

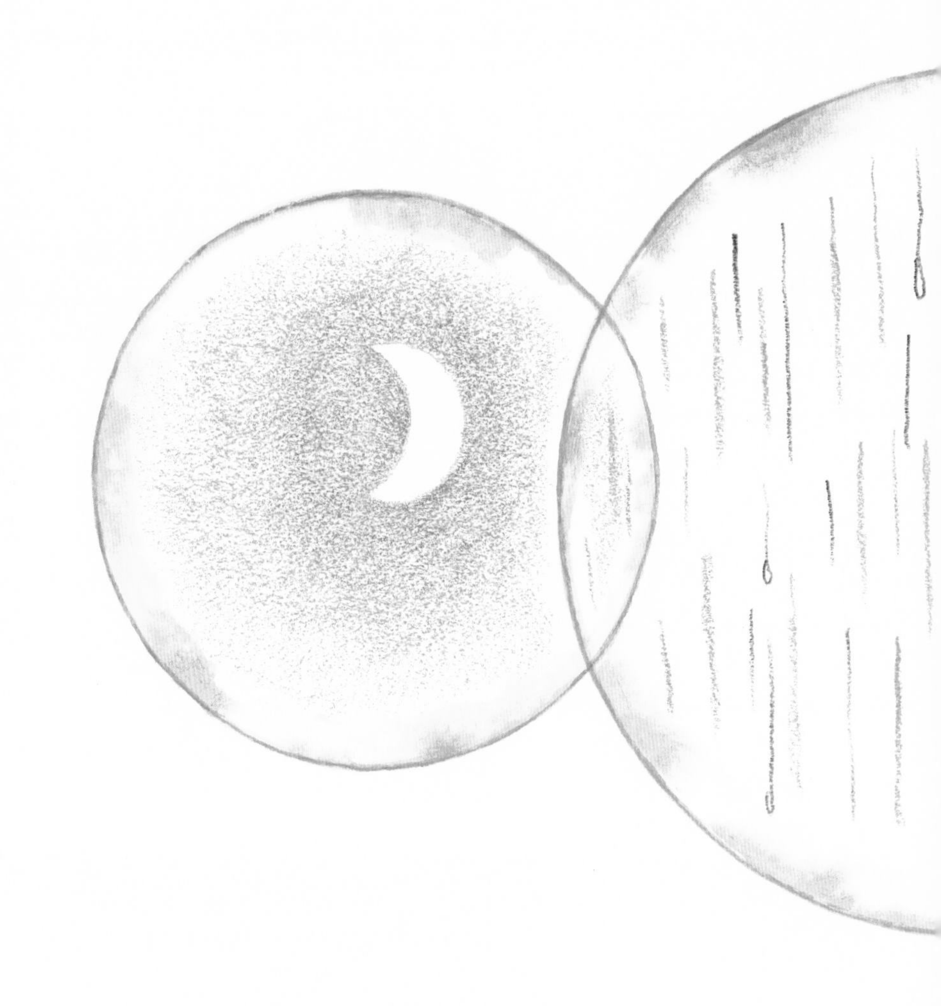

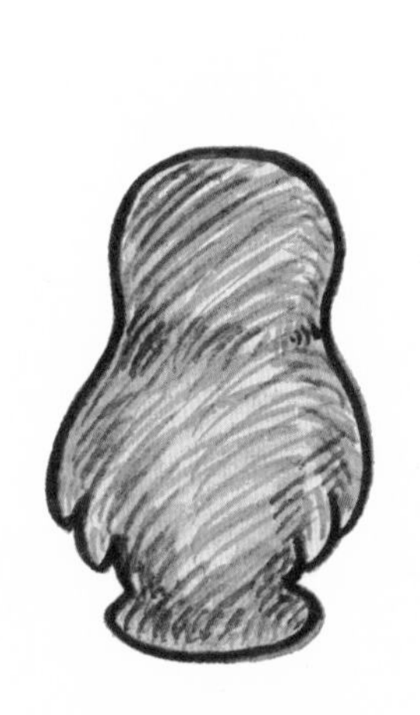

어느 날 얼룩 고양이가 찾아와 친구가 되었지요.

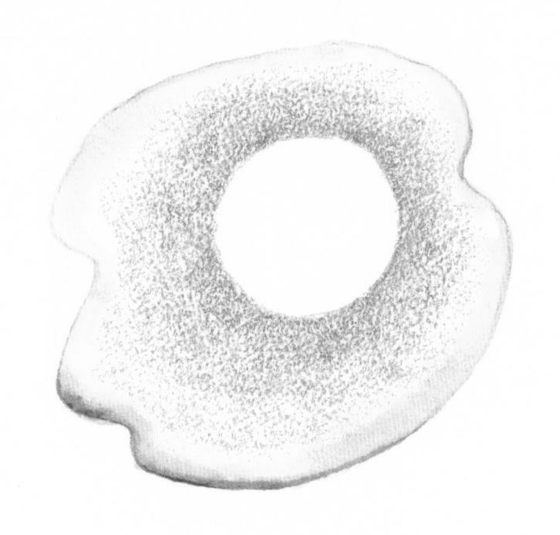

고양이가 기다린 것은 달님이었을까요?
아뇨.

그럼 주룩주룩 비를 기다렸을까요?
글쎄, 아닐걸요.

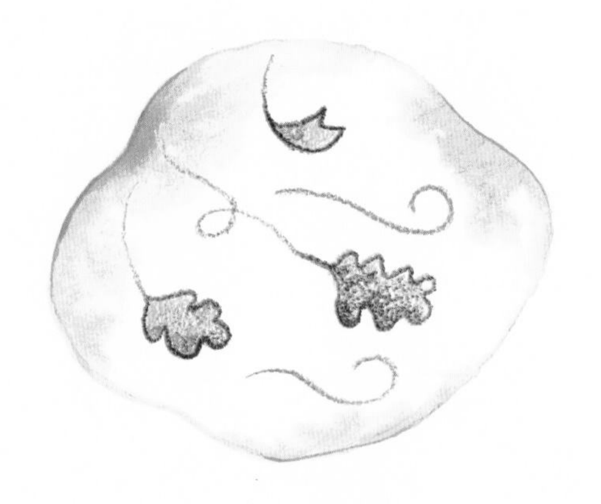

그럼 씽씽 바람?
그것도 아니에요.

그럼 소복소복 함박눈을 기다렸을까요?
천만에! 아니랍니다.

고양이는 특별히 무언가
기다리는 것처럼 보이지 않았어요.

어머! 깜짝이야!

이제 친구들은 열이 되었어요.

그리고 함께여서 행복했답니다.

또 무언가 두근두근 재밌고

행복한 일이 일어나기를 기다리면서요.

● 알고 보면 더욱 재미난 그림책

아이들에게 기다린다는 것은 어떤 의미일까요? 아이들은 기다리라는 말을 싫어합니다. 아이들에게 무언가를 기다린다는 것은 자신이 원하는 것을 바로 충족할 수 없다는 뜻이기 때문이지요. 그래서 아이들은 기다리는 동안 좌절감을 느끼게 되고 엄마 아빠에게 기다리기 싫다고 의사 표현을 하게 됩니다. 하지만 아이의 키가 자라는 만큼 더 자라나야 할 성품이 자제력과 인내심이지요. 왜 이 순간을 참아야 하는지, 왜 당장 하고 싶은 것을 하면 안 되는지를 아이 스스로 이해해야만 인내심과 자제력을 키울 수 있습니다. 어떻게 하면 아이들에게 긍정적인 인내심과 자제력을 심어 줄 수 있을까요? 따뜻하고 아름다운 글과 그림으로 가득한 『조금만 기다려 봐』가 그 방법을 들려준답니다.

케빈 헹크스는 아이들의 마음을 꿰뚫어 보는 아주 명석한 작가입니다. 아이들이 이해하기 어려운 '기다림'이라는 개념을 어떻게 하면 아주 쉽게 이해시킬 수 있을까? 고민에 고민을 거듭했지요. 그리고 마침내 작가는 아이라면 누구나 좋아하고 찾는 것을 생각해 냅니다. 바로 장난감들이지요! 우산 쓴 꼬마 돼지와 점박이 올빼미, 썰매 탄 강아지와 아기 곰 그리고 별 토끼를 주인공으로 등장시킵니다. 우산 쓴 꼬마 돼지는 비를 기다리고, 점박이 올빼미는 달님을 기다리지요. 연을 든 아기 곰은 살랑살랑 부는 바람을, 썰매 탄 강아지는 함박눈을 기다리지만, 별 토끼는 딱히 기다리는 것이 없습니다. 이 아기자기한 친구들이 기다리고 바라던 일이 드디어 일어났을 때 장난감들은 아주 행복해하지요. 케빈 헹크스는 이처럼 아기자기한 장난감들을 통해 아이들에게 긍정적인 기다림의 의미를 전해 줍니다. 기다림이 길수록 원하는 것이 이루어지는 순간 아주 커다란 행복감을 느끼게 된다고 말입니다.

『조금만 기다려 봐』는 더 나아가 자연의 법칙과 우리의 삶을 잔잔하고 담담하게 전하면서 마음을 평안하게 해 주는 작품입니다. 다섯 친구들이 기다리는 것의 공통점이 무엇인지 혹시 눈치채셨나요? 바로 자연이 보여 주는 놀랍고 신기하고 재미난 것들입니다. 달과 비와 바람과 눈이지요. 다섯 친구들은 따로 또 함께 좋아하는 것들을 기다리면서 사계절이 선사하는 아름다움을 느낍니다. 무지개와 번개와 얼어붙은 고드름까지 사계절의 자연 현상을 보드라운 색감으로 담은 이 책은 바쁜 일상을 살아가는 독자들에게 잠시나마 숨을 고를 수 있도록 해 주지요. 더 나아가 다섯 친구들을 찾아온 다른 장난감들을 통해 탄생과 죽음처럼 아이도 어른도 받아들여야 하는 중요한 의미들을 전합니다. 다섯 친구들은 멀리서 찾아온 코끼리 아저씨와 함께 행복한 시간을 보내지만 코끼리 아저씨는 그만 깨지고 말아요. 다섯 친구들은 슬픈 마음을 시간의 흐름에 맡깁니다. 창밖의 나뭇가지에 다시 꽃이 필 만큼 시간이 흐르고 나서 다섯 친구들은 다시 좋아하는 것들을 기다리게 되지요. 어느 날 불쑥 찾아온 얼룩 고양이는 작고 작은 아기 고양이 네 마리를 낳습니다. 다섯 친구들은 이 얼룩 고양이 가족들도 친구로 받아들이지요. 작가는 이렇게 예상하지 못한 일들이 일어나도 있는 그대로 받아들이는 이야기를 통해 나지막이 속삭입니다. 우리가 살아가면서 보고 듣고 경험하는 모든 것들 사이에 기다림이 있다고요.

● 케빈 헹크스

1960년 미국 위스콘신에서 태어났다. 위스콘신 대학에서 공부했고, 1981년 그린윌로우 출판사에서 작품을 처음 출간했다. 어린 시절의 경험을 바탕으로 아이들의 세계를 따뜻하고 재치 있게 표현한 작품들로 많은 사랑을 받고 있다. 1993년 위스콘신 도서관 협회에서 주는 엘리자베스 버르 상을 받았다. 1994년 『내 사랑 뿌뿌』로 칼데콧 명예상을 받았고, 2005년 『달을 먹은 아기 고양이』로 칼데콧 상을 받았다. 그 밖의 작품으로는 『내 친구 제시카』, 『우리 선생님이 최고야』, 『릴리의 멋진 날』, 『난 내 이름이 참 좋아!』, 『아기 토끼 하양이는 궁금해!』 등이 있다.

● 문혜진

『검은 표범 여인』으로 제26회 김수영 문학상을 수상했다. 작품으로는 동시집 『사랑해 사랑해 우리 아가』 등과 『미술탐정 노빈손 마네의 행방을 추적하라』, 「노빈손 계절탐험」 시리즈, 『노빈손, 괴짜 동물들의 천국 갈라파고스에 가다』, 『SOS 과학 수사대, 과자의 습격을 막아라!』 등이 있다. 옮긴 책으로는 『아기 토끼 하양이는 궁금해!』가 있다.

비룡소의 그림동화

1 곰 레이먼드 브릭스 글 · 그림 / 박상희 옮김
2 산타 할아버지 레이먼드 브릭스 글 · 그림 / 박상희 옮김
3 산타 할아버지의 휴가 레이먼드 브릭스 글 · 그림 / 김정하 옮김
4 우리 할아버지 존 버닝햄 글 · 그림 / 박상희 옮김
5 야, 우리 기차에서 내려! 존 버닝햄 글 · 그림 / 박상희 옮김
6 지각대장 존 존 버닝햄 글 · 그림 / 박상희 옮김
7 깃털 없는 기러기 보르카 존 버닝햄 글 · 그림 / 엄혜숙 옮김
8 부루퉁한 스핑키 윌리엄 스타이그 글 · 그림 / 조은수 옮김
9 치과의사 드소토 선생님 윌리엄 스타이그 글 · 그림 / 조은수 옮김
10 멋진 뼈다귀 윌리엄 스타이그 글 · 그림 / 조은수 옮김
11 피터의 편지 에즈라 잭 키츠 글 · 그림 / 이진수 옮김
12 눈 오는 날 에즈라 잭 키츠 글 · 그림 / 김소희 옮김
13 달 사람 토미 웅거러 글 · 그림 / 김정하 옮김
14 산양을 따라갔어요 브라이언 와일드스미스 글 · 그림 / 김정하 옮김
15 넌 할 수 있어, 꼬마 기관차 와티 파이퍼 글 / 노은정 옮김
16 개에게 뼈다귀를 주세요 브라이언 와일드스미스 글 · 그림 / 박숙희 옮김
17 꼬마 곰 코듀로이 돈 프리먼 글 · 그림 / 조은수 옮김
18 마녀 위니 밸러리 토머스 글 · 코키 폴 그림 / 김중철 옮김
19 구두장이 마틴 레오 톨스토이 글 · 베르나데트 와츠 그림 / 김은하 옮김
20 백다섯 명의 오케스트라 칼라 쿠스킨 글 · 마크 사이먼트 그림 / 정성원 옮김
21 줄무늬가 생겼어요 데이빗 섀논 글 · 그림 / 조세현 옮김
22 저런, 벌거숭이네! 고미 타로 글 · 그림 / 이종화 옮김
23 악어도 깜짝, 치과 의사도 깜짝! 고미 타로 글 · 그림 / 이종화 옮김
24 그건 내 조끼야 나카에 요시오 글 · 우에노 노리코 그림 / 박상희 옮김
25 웬델과 주말을 보낸다고요? 케빈 헹크스 글 · 그림 / 이경혜 옮김
26 곰 아저씨에게 물어 보렴 마조리 플랙 글 · 그림 / 양희진 옮김
27 제랄다와 거인 토미 웅거러 글 · 그림 / 김경연 옮김
28 까마귀 소년 야시마 타로 글 · 그림 / 윤구병 옮김
29 내 친구 커트니 존 버닝햄 글 · 그림 / 고승희 옮김
30 아저씨 우산 사노 요코 글 · 그림 / 김난주 옮김
31 제이크의 생일 롭 루이스 글 · 그림 / 정해왕 옮김
32 헨리에타의 첫 겨울 롭 루이스 글 · 그림 / 정해왕 옮김
33 트레버가 벽장을 치웠어요 롭 루이스 글 · 그림 / 정해왕 옮김
34 에밀리 마이클 베다드 글 · 바바라 쿠니 그림 / 김명수 옮김
35 고래들의 노래 다이안 셸든 글 · 개리 블라이드 그림 / 고진하 옮김
36 내 사랑 뿌뿌 케빈 헹크스 글 · 그림 / 이경혜 옮김
37 오른발, 왼발 토미 드 파올라 글 · 그림 / 정해왕 옮김
38 안녕, 해리! 마틴 워델 글 · 바바라 퍼스 그림 / 노은정 옮김
39 코를 킁킁 루스 크라우스 글 · 마크 사이먼트 그림 / 고진하 옮김
40 난 곰인 채로 있고 싶은데… 요르크 슈타이너 글 · 요르크 뮐러 그림 / 고영아 옮김
41 어둠을 무서워하는 꼬마 박쥐 게르다 바게너 글 · 에밀리오 우르베루아가 그림 / 최문정 옮김
42 구름 나라 존 버닝햄 글 · 그림 / 고승희 옮김
43 여섯 사람 데이비드 매키 글 · 그림 / 김중철 옮김
44 잠이 안 오니, 작은 곰아? 마틴 워델 글 · 바바라 퍼스 그림 / 이지현 옮김
45 악어야, 악어야 페터 니클 글 · 비네테 슈뢰더 그림 / 허은미 옮김
46 달구지를 끌고 도날드 홀 글 · 바바라 쿠니 그림 / 주영아 옮김
47 마녀 위니의 겨울 밸러리 토머스 글 · 코키 폴 그림 / 김중철 옮김
48 꽃을 좋아하는 소 페르디난드 먼로 리프 글 · 로버트 로손 그림 / 정상숙 옮김
49 종이 봉지 공주 로버트 문치 글 · 마이클 마첸코 그림 / 김태희 옮김
50 고릴라 앤터니 브라운 글 · 그림 / 장은수 옮김
51 아기 오리는 어디로 갔을까요? 낸시 태퍼리 글 · 그림 / 박상희 옮김
52 세상에서 가장 큰 아이 케빈 헹크스 글 · 낸시 태퍼리 그림 / 이경혜 옮김
53 유모차 나들이 미셸 게 글 · 그림 / 최윤정 옮김
54 우당탕탕, 할머니 귀가 커졌어요 엘리자베트 슈티메르트 글 · 카롤리네 케르 그림 / 유혜자 옮김
55 별 하나 나 하나 조세트 쉬슈포르티슈 글 · 미셸 게 그림 / 최윤정 옮김
56 넌 누구 생쥐니? 로버트 크라우스 글 · 호세 아루에고 그림 / 맹주열 옮김
57 샌지와 빵집 주인 로빈 자네스 글 · 코키 폴 그림 / 김중철 옮김
58 창문으로 넘어온 선물 고미 타로 글 · 그림 / 이종화 옮김
59 조각이불 앤 조나스 글 · 그림 / 나희덕 옮김
60 전쟁 아나이스 보즐라드 글 · 그림 / 최윤정 옮김
61 다음엔 너야 에른스트 얀들 글 · 노르만 융에 그림 / 박상순 옮김
62 아래로 아래로 에른스트 얀들 글 · 노르만 융에 그림 / 박상순 옮김
63 아빠는 미아 고미 타로 글 · 그림 / 이종화 옮김
64 슈렉! 윌리엄 스타이그 글 · 그림 / 조은수 옮김
65 프란시스는 잼만 좋아해 러셀 호번 글 · 릴리언 호번 그림 / 이경혜 옮김
66 트레몰로 토미 웅거러 글 · 그림 / 이현정 옮김
67 대포알 심프 존 버닝햄 글 · 그림 / 이상희 옮김
68 우리 선생님이 최고야! 케빈 헹크스 글 · 그림 / 이경혜 옮김
69 내 친구 루이 에즈라 잭 키츠 글 · 그림 / 정성원 옮김
70 세상에서 가장 큰 여자 아이 안젤리카 앤 이삭스 글 · 폴 젤린스키 그림 / 서애경 옮김
71 꼬마 구름 파랑이 토미 웅거러 글 · 그림 / 이현정 옮김
72 끝없는 나무 클로드 퐁티 글 · 그림 / 윤정임 옮김
73 곰 인형 오토 토미 웅거러 글 · 그림 / 이현정 옮김
74 밤의 요정 톰텐 뤼드베리 원작 · 린드그렌 각색 · 비베리 그림 / 이상희 옮김
75 안나의 빨간 외투 해리엣 지퍼트 글 · 아니타 로벨 그림 / 엄혜숙 옮김
76 토끼들의 섬 요르크 슈타이너 글 · 요르크 뮐러 그림 / 김라합 옮김
77 아름다운 책 클로드 부종 글 · 그림 / 최윤정 옮김
78 비 오는 날 생긴 일 미라 긴스버그 글 · 호세 아루에고, 아리앤 듀이 그림 / 조은수 옮김
79 보름달 음악대 옌스 라스무스 글 · 그림 / 김은애 옮김
80 엉망진창 섬 윌리엄 스타이그 글 · 그림 / 조은수 옮김
81 주머니 없는 캥거루 케이티 에이미 페인 글 · 한스 아우구스토 레이 그림 / 조은수 옮김
82 옛날에 공룡들이 있었어 바이런 바튼 글 · 그림 / 최리을 옮김
83 100만 번 산 고양이 사노 요코 글 · 그림 / 김난주 옮김
84 이상한 화요일 데이비드 위즈너 글 · 그림
85 꼬마 발명가 앤드루의 모험 도리스 번 글 · 그림 / 이원경 옮김
86 바로 나처럼 마리 홀 에츠 글 · 그림 / 이상희 옮김
87 행복 요정의 특별한 수업 코넬리아 풍케 글 · 지빌레 하인 그림 / 한미희 옮김
88 잘 자라, 아기 곰아 크빈트 부흐홀츠 글 · 그림 / 조원규 옮김
89 크리스마스까지 아홉 밤 마리 홀 에츠, 오로라 라바스티다 글 · 마리 홀 에츠 그림 / 최리을 옮김
90 하얀 눈 환한 눈 앨빈 트레셀트 글 · 로저 뒤봐젱 그림 / 최리을 옮김
91 어머니의 감자 밭 아니타 로벨 글 · 그림 / 장은수 옮김
92 엄마 뽀뽀는 딱 한 번만! 토미 웅거러 글 · 그림 / 조은수 옮김
93 펠레의 새 옷 엘사 베스코브 글 · 그림 / 김상열 옮김
94 이상한 알 엘사 베스코브 글 · 그림 / 김상열 옮김
95 엄마의 생일 선물 엘사 베스코브 글 · 그림 / 김상열 옮김
96 기계들은 무슨 일을 하지? 바이런 바튼 글 · 그림 / 최리을 옮김
97 와! 공룡 뼈다 바이런 바튼 글 · 그림 / 최리을 옮김
98 색깔 마법사 아놀드 로벨 글 · 그림 / 이지원 옮김
99 고양이 소동 에즈라 잭 키츠 글 · 그림 / 신지선 옮김
100 위층 할머니, 아래층 할머니 토미 드 파올라 글 · 그림 / 이미영 옮김
101 강철 이빨 클로드 부종 글 · 그림 / 이경혜 옮김
102 아빠가 좋아 사노 요코 글 · 그림 / 김난주 옮김
103 노아의 방주 아서 가이서트 글 · 그림 / 이수명 옮김
104 마녀 위니, 다시 날다 밸러리 토머스 글 · 코키 폴 그림 / 김중철 옮김
105 비밀 친구가 생겼어 수전 메도 글 · 그림 / 허미경 옮김
106 한여름 밤 이야기 아이린 하스 글 · 그림 / 백영미 옮김
107 웨슬리 나라 폴 플레이쉬만 글 · 케빈 호크스 그림 / 백영미 옮김
108 셜리야, 물가에 가지 마! 존 버닝햄 글 · 그림 / 이상희 옮김
109 해리야, 잘 자 킴 루이스 글 · 그림 / 노은정 옮김
110 두 섬 이야기 요르크 슈타이너 글 · 요르크 뮐러 그림 / 김라합 옮김
111 송아지의 봄 고미 타로 글 · 그림 / 김난주 옮김
112 네가 만약……. 존 버닝햄 글 · 그림 / 이상희 옮김
113 고양이 폭풍 안토니아 바버 글 · 니콜라 배일리 그림 / 김기택 옮김
114 도둑맞은 토끼 클로드 부종 글 · 그림 / 이경혜 옮김
115 아기 토끼 하양이는 궁금해! 케빈 헹크스 글 · 그림 / 문혜진 옮김
116 루비의 소원 시린 임 브리지스 글 · 소피 블랙올 그림 / 이미영 옮김
117 파란 의자 클로드 부종 글 · 그림 / 최윤정 옮김
118 빅 마마, 세상을 만들다 필리스 루트 글 · 헬린 옥슨버리 그림 / 이상희 옮김
119 마녀 위니의 요술 지팡이 밸러리 토머스 글 · 코키 폴 그림 / 김중철 옮김
120 괴물딱지 곰팡 씨 레이먼드 브릭스 글 · 그림 / 조세현 옮김

121 책 속의 책 속의 책 요르크 뮐러 글 · 그림 / 김라합 옮김
122 책 읽는 두꺼비 클로드 부종 글 · 그림 / 이경혜 옮김
123 나의 계곡 클로드 퐁티 글 · 그림 / 윤정임 옮김
124 호기심 많은 고양이 버나딘 쿡 글 · 레미 찰립 그림 / 햇살과나무꾼 옮김
125 해티와 거친 파도 바바라 쿠니 글 · 그림 / 이상희 옮김
126 셜리야, 목욕은 이제 그만! 존 버닝햄 글 · 그림 / 최리을 옮김
127 에드와르도 세상에서 가장 못된 아이 존 버닝햄 글 · 그림 / 조세현 옮김
128 마녀 위니의 새 컴퓨터 밸러리 토마스 글 · 코키 폴 그림 / 노은정 옮김
129 콩이와 변신 사자 초 신타 글 · 그림 / 고향옥 옮김
130 숲 속에서 클레어 A. 니볼라 글 · 그림 / 김기택 옮김
131 아슬아슬한 여행 앤 조나스 글 · 그림 / 이상희 옮김
132 꿈의 배 매기호 아이린 하스 글 · 그림 / 이수명 옮김
133 개와 고양이의 영웅 플릭스 토미 웅거러 글 · 그림 / 이현정 옮김
134 꿈을 나르는 책 아주머니 헤더 헨슨 글 · 데이비드 스몰 그림 / 김경미 옮김
135 체스터는 뭐든지 자기 멋대로야 케빈 헹크스 글 · 그림 / 이경혜 옮김
136 한나의 여행 사라 스튜어트 글 · 데이비드 스몰 그림 / 김경미 옮김
137 난 꼬마 토끼가 아니야 그레고와르 솔로타레프 글 · 그림 / 김예령 옮김
138 톰텐과 여우 아스트리드 린드그렌 글 · 하랄드 비베리 그림 / 이상희 옮김
139 멋대로 학교 미하엘 엔데 글 · 폴커 프레드리히 그림 / 한미희 옮김
140 내가 가장 슬플 때 마이클 로젠 글 · 쿠엔틴 블레이크 그림 / 김기택 옮김
141 내 멋대로 공주 배빗 콜 글 · 그림 / 노은정 옮김
142 쥐돌이와 팬케이크 나카에 요시오 글 · 우에노 노리코 그림 / 고향옥 옮김
143 쌍둥이는 너무 좋아 염혜원 글 · 그림
144 아빠는 나를 사랑해 마리앤 K. 쿠시마노 글 · 이치카와 사토미 그림 / 최재숙 옮김
145 달을 먹은 아기 고양이 케빈 헹크스 글 · 그림 / 맹주열 옮김
146 피터의 안경 에즈라 잭 키츠 글 · 그림 / 정성원 옮김
147 아프리카에 간 드소토 선생님 윌리엄 스타이그 글 · 그림 / 조세현 옮김
148 고함쟁이 엄마 유타 바우어 글 · 그림 / 이현정 옮김
149 마법의 케이크 디디에 레비 글 · 티지아나 로마냉 그림 / 홍경기 옮김
150 바로 또 거꾸로 앤 조나스 글 · 그림 / 이상희 옮김
151 푹 자렴, 작은 곰아 마틴 워델 글 · 바바라 퍼스 그림 / 맹주열 옮김
152 엄마 아빠가 생긴 날 제이미 리 커티스 글 · 로라 코넬 그림 / 조세현 옮김
153 칙칙폭폭 꼬마 기차 로이스 렌스키 글 · 그림 / 노은정 옮김
154 참새의 빨간 양말 조지 셀던 글 · 피터 리프먼 그림 / 허미경 옮김
155 바다에 간 마녀 위니 밸러리 토머스 글 · 코키 폴 그림 / 조세현 옮김
156 공주님과 완두콩 안데르센 원작 · 로렌 차일드 각색 / 이다희 옮김
157 왱왱 꼬마 불자동차 로이스 렌스키 글 · 그림 / 노은정 옮김
158 달빛 왕자와 가디언즈의 탄생 윌리엄 조이스 글 · 그림 / 노은정 옮김
159 가디언즈와 잠의 요정 샌드맨 윌리엄 조이스 글 · 그림 / 노은정 옮김
160 지구는 내가 지킬 거야! 존 버닝햄 글 · 그림 / 이상희 옮김
161 눈보라 치던 날 셀리나 쉰츠 글 · 알로이스 카리지에 그림 / 박민수 옮김
162 꼬맹이 퉁퉁이와 공룡 알 토미 드 파올라 글 · 그림 / 노은정 옮김
163 피아노 치기는 지겨워 다비드 칼리 글 · 에릭 엘리오 그림 / 심지원 옮김
164 나는 뽀글머리 야마니시 겐이치 글 · 그림 / 고향옥 옮김
165 숫돌이 카르헨 로트라우트 수잔네 베르너 글 · 그림 / 이현정 옮김
166 겁쟁이 빌리 앤터니 브라운 글 · 그림 / 김경미 옮김
167 끼리꾸루 …… 내 친구가 되어 줘 …… 초 신타 그림 · V. 베르스토프 원작 · 사카타 히로오 글 / 유문조 옮김
168 개미나라에 간 루카스 존 니클 글 · 그림 / 조세현 옮김
169 아침 햇살이 담긴 팬케이크 조나단 런던 글 · 브라이언 카라스 그림 / 남경완 옮김
170 파란 거위 낸시 태퍼리 글 · 그림 / 이상희 옮김
171 마녀 위니와 아기 용 밸러리 토머스 글 · 코키 폴 그림 / 조세현 옮김
172 거꾸로 임금님 안노 미쓰마사 글 · 그림 / 고향옥 옮김
173 이상한 그림책 안노 미쓰마사 그림
174 벤의 트럼펫 레이첼 이사도라 글 · 그림 / 이다희 옮김
175 라신 아저씨와 괴물 토미 웅거러 글 · 그림 / 이현정 옮김
176 배꼽 구멍 하세가와 요시후미 글 · 그림 / 고향옥 옮김
177 외다리 병정의 모험 안데르센 원작 · 요르크 뮐러 그림
178 이럴 수 있는 거야??! 페터 쉐소우 글 · 그림 / 한미희 옮김
179 우즐리의 종소리 셀리나 쉰츠 글 · 알로이스 카리지에 그림 / 박민수 옮김
180 자작나무 마을 이야기 알로이스 카리지에 글 · 그림 / 박민수 옮김
181 양배추 소년 초 신타 글 · 그림 / 고향옥 옮김
182 난 드레스 입을 거야 크리스틴 나우만 빌맹 글 · 마리안느 바르실롱 그림 / 이경혜 옮김
183 울타리 너머 아프리카 바르트 무야르트 글 · 안나 회그룬드 그림 / 최선경 옮김
184 브레멘 음악대 따라하기 요르크 슈타이너 글 · 요르크 뮐러 그림 / 김라합 옮김
185 라치와 사자 마레크 베로니카 글 · 그림 / 이선아 옮김
186 피자를 구워 주는 피아노 선생님 주잔네 얀센 글 · 그림 / 한미희 옮김
187 조르주의 마법 공원 클로드 퐁티 글 · 그림 / 윤정임 옮김
188 나 하나로는 부족해 피터 H. 레이놀즈 글 · 그림 / 조세현 옮김
189 안녕, 폴 센우 글 · 그림
190 외동딸이 뭐가 나빠? 캐리 베스트 글 · 소피 블랙올 그림 / 노은정 옮김
191 피터와 늑대 로리오트 글 · 요르크 뮐러 그림 / 박민수 옮김
192 마녀 위니의 생일 파티 밸러리 토머스 글 · 코키 폴 그림 / 조세현 옮김
193 어른들은 왜 그래? 윌리엄 스타이그 글 · 그림 / 조세현 옮김
194 형보다 커지고 싶어 스티븐 켈로그 글 · 그림 / 조세현 옮김
195 그림 도둑을 찾아라 아서 가이서트 글 · 그림 / 이수명 옮김
196 이봐요, 까망 씨! 데이비드 위즈너 글 · 그림
197 릴리의 멋진 날 케빈 헹크스 글 · 그림 / 이경혜 옮김
198 난 내 이름이 참 좋아! 케빈 헹크스 글 · 그림 / 이경혜 옮김
199 애완동물 뽐내기 대회 에즈라 잭 키츠 글 · 그림 / 맹주열 옮김
200 베로니카, 넌 특별해 로저 뒤봐젱 글 · 그림 / 김경미 옮김
201 용감무쌍한 사라 케빈 헹크스 글 · 그림 / 이경혜 옮김
202 마녀 위니의 양탄자 밸러리 토머스 글 · 코키 폴 그림 / 노은정 옮김
203 막대기 아빠 줄리아 도널드슨 글 · 악셀 셰플러 그림 / 노은정 옮김
204 파도야 놀자 이수지 지음
205 거울속으로 이수지 지음
206 브루노 무나리의 동물원 브루노 무나리 글 · 그림 / 이상희 옮김
207 마녀 위니와 슈퍼 호박 밸러리 토머스 글 · 코키 폴 그림 / 노은정 옮김
208 베로니카, 넌 혼자가 아니야 로저 뒤봐젱 글 · 그림 / 김경미 옮김
209 그림자놀이 이수지 지음
210 드래곤 조그 줄리아 도널드슨 글 · 악셀 셰플러 그림 / 노은정 옮김
211 마녀 위니와 우주 토끼 밸러리 토머스 글 · 코키 폴 그림 / 노은정 옮김
212 네가 있어 난 행복해! 로렌츠 파울리 글 · 카트린 쉐러 그림 / 한미희 옮김
213 야호, 비 온다! 피터 스피어 지음
214 나는야, 길 위의 악당 줄리아 도널드슨 글 · 악셀 셰플러 그림 / 이경혜 옮김
215 마녀 위니의 엉망진창 휴가 밸러리 토머스 글 · 코키 폴 그림 / 노은정 옮김
216 어젯밤에 뭐했니? 염혜원 지음
217 야호! 오늘은 유치원 가는 날 염혜원 글 · 그림
218 우리는 단짝 친구 스티븐 켈로그 글 · 그림 / 이경혜 옮김
219 빕스의 엉뚱한 소원 H. 엔첸스베르거 글 · R. 베르너 그림 / 한미희 옮김
220 난 공주답게 먹을 거야 크리스틴 나우만 빌맹 글 · 마리안느 바르실롱 그림 / 이경혜 옮김
221 너무 부끄러워! 크리스틴 나우만 빌맹 글 · 마리안느 바르실롱 그림 / 이경혜 옮김
222 우리 엄마가 가장 예뻐 마리안느 바르실롱 글 · 그림 / 이경혜 옮김
223 마법사의 제자 바버라 헤이젠 글 · 토미 웅거러 그림 / 이현정 옮김
224 내 친구 제시카 케빈 헹크스 글 · 그림 / 노은정 옮김
225 좀 별난 친구 사노 요코 글 · 그림 / 고향옥 옮김
226 리프맨 윌리엄 조이스 글 · 그림 / 노은정 옮김
227 용감한 해적 마녀 위니 밸러리 토머스 글 · 코키 폴 그림 / 노은정 옮김
228 꿈틀꿈틀 왕지렁이 줄리아 도널드슨 글 · 악셀 셰플러 그림 / 노은정 옮김
229 마녀 위니의 공룡 소동 밸러리 토머스 글 · 코키 폴 그림 / 노은정 옮김
230 이 작은 책을 펼쳐 봐 제시 클라우스마이어 글 · 이수지 그림 / 이상희 옮김
231 마녀 위니와 심술쟁이 로봇 밸러리 토머스 글 · 코키 폴 그림 / 노은정 옮김
232 위대한 돌사자, 도서관을 지키다 마거릿 와일드 글 · 리트바 부틸라 그림 / 김서정 옮김
233 꼬마 예술가 라피 토미 웅거러 글 · 그림 / 이현정 옮김
234 아빠, 나한테 물어봐 버나드 와버 글 · 이수지 그림 / 이수지 옮김
235 겨울 저녁 유리 슐레비츠 글 · 그림 / 이상희 옮김
236 무지막지하게 큰 공룡 밥 윌리엄 조이스 글 · 그림 / 노은정 옮김
237 조금만 기다려 봐 케빈 헹크스 글 · 그림 / 문혜진 옮김
238 마녀 위니와 유령 소동 밸러리 토머스 글 · 코키 폴 그림 / 노은정 옮김
239 행복을 나르는 버스 맷 데 라 페냐 글 · 크리스티안 로빈슨 그림 / 김경미 옮김

★ 계속 출간됩니다.

DISCARD